낯선 곳에서

강송숙

오비올프레스

낯선 곳에서

낯선 곳에서

차례

1부

우체국에 들러

우체국엔
계단이 있고 계단 위엔 베고니아가 있고
나는 창구 여직원에게 에어캡을 몇 장 얻어와
당신에게 보낼 몇 가지의 물건을 포장하다 말고
작고 투명한 공기 방울
손톱 끝으로 슬쩍 눌러 본다
뽁, 꽃 피는 소리
뽁, 꽃 지는 소리
뽁, 계절이 가는 소리

봄날 오후
우체국엔 일곱 개의 계단이 있고
계단 위엔 붉은 베고니아 꽃이 피어 있고
나는
당신에게 보낼 몇 가지의 물건 대신
에어캡을 박스에 가득 담아 창구로 간다

봄에

벚꽃 한창일 때 봄비 잠깐 다녀가고
바람 없어도 꽃잎 나른히 떨어질 때
나무 아래 차를 세워놓고 한참만에
돌아와 모른 척 시동을 건다 그 소리에
화들짝 놀라 사방으로 흩어지는 꽃잎들

나는 내가 행복했으면 좋겠어

　그저 잘 지내냐는 안부 문자에 대뜸 전화를 걸어온 친구는
첫마디가 웃음이었고 두 번째는 침묵이었고 세 번째는 눈물
이었습니다 꽃이 피었다고 날씨가 좋다고 그래서 언제 한번
보자는 준비된 문자는 하나도 말하지 못하고 그녀의 침묵과
그녀의 울음소리만 오래 듣다가 전화를 끊고 돌아보니 봄이
사라지고 없었습니다

좋은 말 좀 해봐

몇 차례 안부가 오가고
잘 지내라는 인사를 할 때쯤 그가 말했다
말없이 전화를 끊고
공연히 베란다 문을 연다

봄이 되면서 분양 받은 감나무 한 그루
제자리를 못 찾고 좁은 마당을 다 차지하고 누웠다
다 자란 나무라 며칠 그냥 두어도 괜찮을 거라고
좋은 자리 만들어 잘 심을 거라고, 그럼
곧 잎도 새로 나고 열매도 열릴 거라고, 참
가을엔 단풍도 볼만할 거라고

그렇게 정말 며칠이 지나고 또 며칠이 지나고
다시 며칠이 지나는 동안
뿌리는 허옇게 말라가고 가지 끝에는 새 잎이 돋았다
죽은 것과 산 것이 한 가지에 있다고
사는 것도 죽는 것만큼 목이 메는 일이라고
누구에게도 닿지 못한
내, 속의 말들

곡비

결 고운 비질 자국 위로
몇 개의 발자국 지나가고
그 뒤를 네가 조심조심 걸어서 온다
가을 찬바람 서둘러 보내고
볕만 오롯하게 받은 쪽마루에 앉아
내가 너를 보고 있다 가만가만 보고 있다

아침 안개를 주의하라는 긴급재난문자를 받고 길을 나섰
다 안개는 한 시간쯤 지나자 모습을 드러냈다 긴 한숨 같다고
할까 눈앞이 캄캄했다고 할까 답답해 숨이 막혔다고 할까 글
보다 그림이 나았을까 흰색도 좋겠고 회색도 좋겠고 검은 색
도 좋았을까 그도 저도 아니면 그저 지나간 비질 자국이면 좋
았을까

스물일곱 송이 부용꽃 발자국도 없이
걸어서 온다 가만가만 걸어서 온다
가을볕에 눈을 가늘게 뜨고 나는 조심조심
너를 맞는다 그렇게 너를 내 가슴에 안는다

달력이 간다

달력이 왔다
웬만한 벽걸이용 그림보다 괜찮을 거라는
누구에게 선물을 해도 좋을 거라는
특별히 몇몇 사람에게만 보내는 거라는
그 많은 공치사만큼 묵직한 달력 하나가 배달되었다
첫 장은 펴지도 못하고 표지만 오래 바라본다
손으로 쓰고 발로 지우며 가는 뒷모습 하나
몸의 절반이 봄으로 건너가지 못한 여자가 있다*
이제 와 새롭다는 건 번거롭고 버거운 일
주섬주섬 다시 포장을 하고 주소를 적는다
달력이 간다
화양연화가 될지도 모르는 내 한 해를
당신에게 보낸다

* 권혁웅 「환절기」에서

비 내리는 동안

날이 밝았다
누군가 부지런한 이
일찌감치 법당에 불을 밝혔다 열린 문틈으로
가을비 슬쩍 한 점 뿌리고 간다
단종이 꿈에 보았다는 암자
꿈꾸지 말라고 금몽암인가
이백년이 넘은 호두나무가
꼭 제 키만한 지팡이에 의지해
간신히 서 있다
잎은 진작 다 놓아버렸다
이왕 봄꿈은 놓쳤으니 가을 밤
빗소리를 의지해 긴 꿈이나 꾸어볼까
생각하며 돌아내려오는 길
떠난 이의 한기와
남은 이의 온기가 무성한데
젖은 벤치 위
언제 거기까지 올라갔을까
오래전 죽어 몸이 퉁퉁 불은 지렁이 한 마리

사랑이여

벚꽃 난분분이 좋겠다 혹은
이팝나무 마악 꽃잎 내릴 때
한 계절 보내고 다른 계절 받을 때
한창일 때 말고
그 경계쯤에
그쯤이어도 좋겠다
사랑이여

그,
습하고 비루하고 그래서
간혹 눈앞이 캄캄해도
그래도 좋다면
사랑이여

너 누구니

몇 곳에서 시집 출판을 거절당한 당신이 독립 출판사를 차려야겠다고 했을 때 하필 내 윗집에 살던 노인 생각이 났지 문자 그대로 송사를 참으로 좋아하던 이였지 하고픈 말은 많은데 들어주는 이 없으니 결국 지방 신문사를 하나 등록하더군 발행인 겸 주간 겸 편집까지 일인다역으로 참 열성이었지 일면 상단에 주간 사설은 필수 주요 일간지 기사들을 복사해 지면을 채우면서 당신 속풀이 한풀이를 삼년쯤 하더니 좀 후련해졌나 여름 더위가 시작되기 전 중환자실에 누워 잠깐 숨고르고 곧 정리해 떠나시니 주인 잃은 신문사도 바로 폐간이라

그나저나
행크*씨
내 시집은 언제 내줄거요?

* 찰스 부코스키의 소설에 등장하는 주인공 헨리 치나스키의 애칭. 그는 『랙서티브 어프로치(변비약 접근법)』이라는 잡지사의 편집자로 시인들의 시를 출판하기도 했다.

당신이 시예요

시는
파란일 수는 있어도 만장은 아니겠지요
만장은 막장일 수도 있겠는데요
생각해보니 모든 삶이 막장이더군요
가는 곳마다 피하는 곳마다
숨는 곳마다 막장이더라구요
정작 원조 막장에게는 미안한 말이지만
당신들에겐 대하소설 같은 인생
만장이겠지만 그래도 나는 파란을
택하겠어요 있잖아요 롤러코스트 같은 삶
낡은 버스를 타고 시골길을 달리듯
몽롱한 그거
사는 내내 곪고 터지고 다시 곪아도
나는 파란으로 끝내고 싶지요
만장은 자꾸
막장 같아서요

단풍 보러 갑시다

단풍은 물단풍도 좋고
산단풍도 좋지요
시월의 막날을 핑계로
가을을 핑계로
핑계 없는 핑계로
종일 단풍 구경을 하고 왔지요
돌아와 지친 몸과 마음으로
자리에 누웠는데 거실 한 쪽
바람도 없이 혼자 떨어지는
마른 잎 하나에 철렁
가슴 뛰더라구요

느린 봄

오 미리 안팎의 봄비라더니 눈 내린다
비 보다 빠른 속도로 내려와 부서진다 이미
부서진 채 내려온다 급하게 꽃 핀 나무들
놀라 일시정지 중이다 며칠 불편한 심사 때문인가
찬비도 폭설도 마음 가까이 오지 못하고
눈 앞에서 어지럽다

증상은 다른데 진단은 모두 갱년기란다
그 나이가 되면 모든 증상이 한 가지 처방이란다
뭐 그런 걸로 병원까지 오셨냐는 의사의
얄미운 표정이 병을 하나 추가한다 처방전을
받아들고 병원을 나서는데 봄비
오래 기다렸다는 듯 몇 방울 떨어진다
마당에 묶인 강아지를 바라보는 길냥이의 표정이
복잡하다 그 모습을 천천히 바라보다 우산 없이
빗속으로 들어간다

더디게
오래
내 곁을 지나가는 봄

유배지 관람기

아득하다니 아늑하기만 한 걸
갇혀 있었다는데 오히려 갇히고 싶은 걸

겨울 짧은 해라 어둡기 전에 돌아오시라는 매표직원의 당
부가 무색하게 우리는 솔밭만 일별한 뒤 서둘러 나가는 배를
탔지 비운의 어린 왕 내력이야 충분히 학습했으니 그저 안타
까운 마음만 갖고 가자 서로 위안하는데

뱃머리 한번 돌리면 닿는 지근거리에
(적막한 영월 땅 황량한 산 속에서)
한여름에도 서늘한 소나무 숲에
(고개 위의 소나무는 삼계에 늙었고)
가만 앉아 있으면 슬쩍 몸에 와 감기는 물소리에
(깊은 물살은 돌에 부딪쳐 소란하니)
먼저 자리 잡고 사는 짐승들과 밤새 수인사 하면서
(산 깊고 맹수 득실거리니 저물기 전에 사립문을 닫노라)

여행객 중 하나 낮술하기 딱 좋은 곳이란다 속없는 소리라
며 누군가 그의 입을 막았지만 어쩌면 다들 같은 생각이었을
까 말없이 해지는 강물만 바라보는데 후끈 달아오른 얼굴이
비단 석양 때문은 아니었을 터

( )안은 단종의 「어제시」

과꽃

유리병에 과꽃이 꽂혀 있다
물에 잠긴 가지 끝이 퉁퉁 불었다
꽃은 시들었다 물을 갈아준다고 해도
며칠 가지 못할 것이다
과꽃은 슬퍼서 싫다고 누가 말했다
꽃이 슬플 수가 있을까
과꽃을 배경삼아 기념사진을 찍었다
사진 속에서 우리는 웃고 있었고
슬픈 과꽃은 그러니까, 계속 슬퍼 보였다
축제를 하루 앞둔 천만송이 백일홍은
이미 지고 있었다 시든 꽃길을 걸으며
생각한다 꽃이 슬플 수 있구나
보이지 않게 사랑할거야
차 안에서 슬픈 노래가 흘러나왔다
메밀꽃을 보러 가는 길이었다

그것이 마치

치킨과 맥주를 앞에 놓고 시인이 시를 읽고 있습니다 출판 기념회에 치맥이라니 나름 신선한 자리입니다 그러나 저런, 솔직해지는 것이 좋겠습니다 시인의 시는 치킨을 위한 BGM 이었습니다 튀김은 늘 진리거든요 거기에 생맥주까지 있으니 시인은 완패한 듯 보였습니다 가을 저녁입니다 밤늦게 비가 내릴 거라는 예보가 있었습니다 시 낭독을 마친 시인은 가수가 팬 사인회를 하듯 일일이 테이블을 돌며 감사 인사를 합니다 참석한 사람들은 치맥을 즐기며 안부와 덕담을 주고 받습니다 훈훈한 풍경입니다 행사장을 나오려는데 옆에서 누가 봉투를 건넵니다 시집이랍니다 나는 책을 품에 안고 추적추적 내리는 가을비를 맞으며 집으로 걷습니다 걸으면서 생각합니다 비를 맞으며 생각합니다 갑자기 등이 서늘해집니다

검은 봉지에 둘둘 말린 시집이
마치 개업 집에서 돌리는 시루떡 같아서
오래 되어 마르고 딱딱해진 떡 같아서
몰래 버리지도 못하고 기어이 집까지 들고 와
한쪽에 툭, 던져놓는 저 애물단지 같아서

가벼운 생

역전 방앗간
낡은 간판 아래 등 굽은 노인
자판기에서 커피를 뽑고 있다
커피는 셀프
젊은 주인 겨우 잠이 깨
기계에 열을 올리는 동안
모닝커피를 마친 노인
잔뜩 부려놓은 고추 자루를 푼다
아침 준비로 바쁜 주인이 가끔 건너와
스위치를 살펴주고 가면
껍질과 씨를 나누는 일도 셀프
가루를 곱게 내리는 일도 셀프
무게를 달아 값을 계산하는 일도 셀프
한 시간만에 수습해 손에 든 가뿐한 한 줌
미리 와 있던 검은 택시를 타고 가는 저
가벼운 셀프,
오래 매운

개화

드디어 쉰입니다 축하해주세요
주말 저녁 생일축하 자리에 가기 위해 집을 나선다
종일 뜨거웠던 봄볕이 후끈 맨다리를 감싼다
새 도로명 내성길
내성초등학교를 끼고 도는 백 여 미터
왕복 이차선 도로 양쪽으로 나란한 벗나무길
미등 켠 차를 조심해 길을 건너면서
좋은 날 태어났구나 덕담을 해줄까
나이 쉰은 살아도 죽어도 인사받기는 어정쩡한 나이지
공연히 생각이 많아 발끝만 보며 걷다가 문득 고개 드니
비문증처럼 내 앞을 어지럽히는 저
분홍

2부

낯선 곳에서

술집에서 나오니 다들 헤어지기 서운해 숙소에서 한잔 더
하기로 한다 이럴 땐 그저 눈빛으로 충분하다 편의점에서 클
라우드와 코젤 그리고 투 플러스 원이라는 숙취 해소 음료와
코코아 맛 우유 두통을 샀다 문을 밀고 나가려는데 입구에 쭈
그리고 있던 노인이 지팡이에 의지해 일어난다 잠시 망설이
다 코코아 맛 우유를 한 통 건넸다 노인은 우유를 받자마자
망설임 없이 가게 안으로 들어갔다 곧 다시 나오는데 손에 우
유 대신 소주병이 들렸다 그 모습을 한참 보다가 나는 숙소로
들어갔다

봄비

차에 시동을 걸고
시디를 넣으려다 라디오를 켠다
선곡해 듣는 것 보다 가끔은 흘러나오는 대로
그런대로 들어도 괜찮겠다는 마음이었는데
들을만하면 생각을 방해하는 광고와 진행자의 잡담에
얼마 못 견디고 스위치를 눌러 버렸다
순간 갑자기 먹먹해지는 사방
봄비, 시작이다

꽃 보자고 만난 자리
꽃은 진작 피고 새 잎 돋고 있는데
정작 눈을 끈 건
죽자고 매달려 있는 마른 잎들
이미 죽어 바싹 마른 저것들
그래도 꽃이라 불러주고 싶은 것들
아직은 봄이니까
지금,
봄비니까

그랬던 적이 있다

　지난 밤 바람에 도토리가 파란 채로 떨어졌다 무릇 어린 죽음은 무엇이건 가슴 아프다 길 한가운데엔 차바퀴를 피해 용케도 자라난 질경이가 소복하게 올라왔다 질겅질겅 발로 밟으며 걷는다 오미자 넝쿨 아래 누런 고양이가 사람을 보자 잉잉거리며 따라온다 등가죽에 드러난 뼈가 심란하다 거실까지 따라 들어와 집고양이들을 혼비백산하게 만들었던 길냥이가 며칠째 보이지 않는다 사료에는 관심도 없고 그저 안아 달라고 내 발등에 머리를 눕히고 몸을 구르던 어린 길냥이였다 길냥이들은 한참 보이지 않으면 로드킬이 대부분이다 스님의 독경소리가 점점 힘이 빠진다 매일 하는 일도 지칠 때가 있겠지 닭가슴살을 하나 뜯어 고양이 앞에 놓고 절을 내려온다

말에 날개가 있다고?

아침 잠 없는 노인들이 공원벤치에 앉아 있다 공원에 있는 벤치는 모두 아파트를 향해 있다 이인용 벤치에 노인 셋이 앉았다 노인들은 서운함에 대해 이야기하고 있다 서운하다 아들이 서운하고 며느리가 서운하고 아파트가 서운하다 별일이 없어 서운하고 별일 있어 서운하다

서운하다는 말은 가령 이런 것일까
낯선 지방도 위에서 내내 거리를 유지하며
따라오던 뒷 차가 어느 순간 보이지 않게
되었을 때 딱 그만큼일까 서운하다는 말은
두려움의 다른 이름일까

말에 날개가 있다고?
벤치에 엉덩이를 붙이고 앉은 노인들은 알지 못했다
계단을 올라가는 말을 엘리베이터를 타고 오르는 말을
길들여진 애완동물처럼 말도 주인을 찾아 간다는 것을
그래서 704호거나 1005호쯤에서 베란다 문이
벌컥 열렸다가 신경질적으로 닫히는 걸
노인들은 미처 보지 못했다

자리

그늘 깊은 곳엔 아직 잔설이 간간한데
문 열고 들어간 밥집
방안에 꽃은 없고 향만 가득하다 물 떠온 아주머니
꽃을 찾는 내게
이미 여러 차례 피었다 지고 시든 꽃잎만 남아
지난 밤 밖에 내 놓았단다
철쭉은 향도 없는데 어찌 알았냐고

세상에 향 없는 것이 어디 있을까
방금 내려놓은 생수도 그 향이 있는데
겨우 내내 방안에서 혼자 피고 졌을 철쭉
한 번도 봐주지 못한 미안함에
밥 드시는 내내 오래 서운하다

밤비 내리는 입동
-신해철에게

그때 그랬구나 한밤중이었고
늦가을이거나 겨울 초입이거나
그때였지
사람이 평생 가질 수 있는 역할 중
기꺼이 감사하는 역할이 부모라고 했나
그 길고 끔찍한 역할을 그땐 몰랐지
잠에 취한 아이의 배웅을 받으며
밤길을 내려오던 시간 모든 소리가
지워진 시간
내 숨소리에도 문득문득 두려워지던 시간
혹시나 잠이 들까 소리 높이던
라디오 속 그 불량스럽던 목소리가
당신이었구나 모두들 나른하고
편안하게 잠을 부르는 시간
혼자 잠 못 들던 목소리가 당신이었구나
미친 듯 와이퍼가 움직이고 상향등을 켜도
도무지 앞이 보이지 않던 그 난감한 시간에
세상을 어찌해 보겠다고 소리치던 그가 당신이었구나
그래서 나는 살아남았고

또 비는 내리고
겨울은 왔는데

봄꿈

달군 돌을 배 위에 올려놓는다
어쩌면 마지막일지 모르는 생리통이
순간 애잔하기까지 하다
뜨겁고 묵직한 기운에 몸이 풀어지면서 잠시
잠이 들었을까

　어둠에 혼자 깨어 달빛으로 글을 읽다가 맘에 드는 구절을 발견했습니다 이렇게 아름다운 글도 있구나 감탄하고 또 감동했습니다 날이 밝는 대로 당신에게 보여주리라 마음먹었는데 아침이 되어 그 구절을 찾으니 도무지 찾을 수가 없습니다 책 한 권을 다 읽었는데 역시 찾지 못했습니다 난감한 일이었습니다 그러는 동안 시간이 지나고 그 일조차 꿈이었거니 생각하게 되었습니다 당신에게는 서운하겠지만

잠결에 몸을 뒤척였는가
싸늘하게 식은 돌이 바닥으로 떨어지는 소리
그 소리에 놀라 물컹
내 속에서 터지는 뜨거운
무엇

유연한 삶

열심히 도망 내려왔는데 다시 끌려가는 거 같아
행선지를 여주로 정하고 남원주 요금소를 막 나오는데
뒷좌석에서 무심히 들리는 소리
순간 잠시 망설이다 만종 터널을 지나면서 내비게이션을
껐다
이제부터는 내가 가는 길이 가고 싶었던 곳이다
도착하는 곳이 내가 가려 했던 곳이다

생각을 좀 유연하게 하시고

오랜만에 만난 선생 내 얼굴을 한참 바라보더니
말씀하신다 무표정에 머리까지 짧게 깎았으니
내 삶이 녹록하지 않을 거라는 걱정이시겠지
그 말씀에 당분간 거절하는 일은 쉬워지겠구나 생각한다
그렇지만 머리는 곧 자랄 것이고 천상 귀는 얇아 어쩌면
아직은 먼 봄소식에도 혼자 마음 설레
원형교차로에서 자꾸만 브레이크를 밟는 초보처럼 지금도
여주를 향해 달려가고 있을지도 모르는 일이다

원주에서 만난 수선화

선운사 동백 보러 갔다가 꽃 못보고
서운한 마음에 돌아 나오다 눈 마주친 수선화
절 마당 한구석에 저들끼리 피었더니
밤늦어 찾아간 맥주집
화장실 가는 길에 다시 만났다
자투리땅 빽빽하게 자리 한 화초들 틈에
혼자 오롯한 노란 꽃
고맙고 반가운 마음에 주인을 찾으니
동백꽃 닮은 여주인 얼굴을 붉히며 말한다

그 꽃이 수선화였어요?

여름에게

이미 떠났다는 소식 전해 들었으니
나는 그대 돌아오기만 기다리면 되겠다
뵈지는 않지만 길 속에 그대 체온 남아 있다*
말없이 떠나 서운했을까 먹구름이 모이기 시작한다
흰 티셔츠에 슬리퍼를 신은 청년 잠시
하늘을 바라보다가 천천히 낚싯대를 접는다
사제리 구판장 맞은 편 묵집으로 노인들 서둘러
들어간다 점심시간은 이미 오래 지났다
바람에 먹구름 흔들리더니 이내 몸 털 듯
빗방울 떨어진다 그대 다시 올 땐 초록 말고,
서러운 초록 말고

* 황동규의 「연필화」에서

디스크 조각 모음

혼자 삐죽 튀어 나와서 치이다 깨진 거라고
어차피 턴테이블이 없으니 듣지도 못할 거 아니었냐고
아침 일찍 전화를 건 아이의 목소리가 차다
국제 특송으로 공수한 재클린 엘피판이
깨졌다는 소식이다
비닐 포장 그대로 거실에서 한 계절을 살았다
조각들이 위험하니 조심히 치우라고 하고
전화를 끊었다
그날 밤 내내 잠 설치게 하던 팔을 움켜쥐고
의사 앞에 갔더니 목 디스크가 튀어 나왔단다
전기치료를 받다가 잠시 모자란 잠이 드는데
느슨해진 뼈마디 사이로 부서진 조각들이
스멀스멀 한자리에 모인다 고향을 떠난 것들에게
계절은 온통 겨울뿐이라던가
듣지도 못할 거라는 아이의 말이 새삼 마음 저린데
포장도 풀지 못한 채 버려진 그녀의 엘가가 내 목덜미
에서
시리게 떨고 있다

운명

중소도시에 건설 된 음악당이 개관을 며칠 앞두고 음향을 확인하기 위해 근처 예술 고등학교 오케스트라에게 연주를 부탁했다 이 학교 역시 개교한 지 얼마 되지 않은 터라 재학생은 물론 예비 입학생까지 총동원해 겨울 내내 연습을 했고 봄눈이 유난했던 사월 어느 날 학부모와 재단 관계자들 운영진들이 모두 참석한 가운데 연주가 시작되었다 곡목은 베토벤 교향곡 5번 운명 전 악장 현악과 클라리넷으로 힘차게 시작한 오케스트라의 연주는 지휘자의 손끝으로 모여 그것이 다시 튕겨져 나가 음악당 천장과 벽과 바닥을 고루 누빈 뒤 다시 지휘자의 손끝으로 모이기를 반복 그렇게 삼십 여분의 공연이 끝나고 난 뒤 관계자들은 완벽한 음향시설이었다는 평을 했으나 그 자리에 참석한 학부모 대부분은 음악 소리는 하나도 듣지 못했다고 입을 모았다 박자 놓친 호른, 삑사리 난 바이올린, 뭔가 골똘한 첼로, 인상을 펴지 못하던 플루트, 안절부절 하던 팀파니 등 그들의 부모들이었다 그렇게 십 년이 더 지난 지금도 그들은 음악을 이야기 할 때 듣는다고 하지 못하고 본다고 말한다

봄날은 가는데

신장개업했다는 횟집에 들어서면서 내 어머니
식당 앞에 주욱 늘어놓은 수족관을 가리킨다
회를 시키면 저 활어들이 나오는 게 아니란다
주방에서 이미 죽은 생선들이 회로 나온단다 저 봐라
저 물고기들은 며칠째 그대로 있구나

몇 사람이 모여 토종닭 먹으러 갔는데 주인이 마당에
뛰어놀고 있는 닭들을 가리키면서 고르라고 했단다
한 마리를 지목하니 바로 잡아 주방으로 들어가더란다
일행 중 한사람이 화장실 가느라 잠깐 나왔는데
식당 주인 닭을 몰래 뒷마당에 풀어놓더라고

한 시간째 같은 곡을 반복해 틀어놓고 너를 서성이다
차마 보지 못하고 돌아오면서 사월 한가운데 한여름 천둥
치는 소리는 내 울음이었을까 아직도 요지부동 붉은 가지
뿐인 벚나무 소리였을까 아니면 법흥사 깊은 계곡 봄물 내
리는 소리였을까 그러거나 이미 봄날은 가고 있는데

신 헌화가

직진하려는 차를 가로막고 몇 번이나 전진과 후진을 반복
하던 소형 승용차가 어렵게 차를 세운 곳은 하필 주문한 커피
를 받아들고 나가려던 카페 앞 주차금지 표지판을 앞바퀴로
가볍게 누르고 노인 차에서 내리더니 울타리 삼아 심어 놓은
백일홍 몇 송이 가지째 꺾어 품에 안고 천천히 자리를 뜬다

느린 그림 같은 칠월 하순
커피를 쥔 손보다 가슴이 먼저 뜨거웠던

눈이 내립니다

  약속했던 아침 산책을 취소하고 나니 시간이 다르게 흘
러갑니다 트럭 한 대가 천천히 동네를 내려갑니다 컨테이
너를 가득 채운 여느 이사와는 달리 대충 쌓아 묶은 단출
한 짐이 인상적입니다 그 위로 눈이 쌓여 따라갑니다 그
무게를 주인은 알고 있을까요

  고양이 발소리도 없는 적막이 싫어
  습관처럼 켜놓은 티비에서
  사내 셋이 나와 요리를 합니다
  아들 같은 사내
  남편 같은 사내
  애인 같은 사내
  모두 남 같지 않은 사내
  아니, 모두 남 같은 사내들

  무언가 일이 있어야 한다고 생각한 적이 있었지요 슬픔
이건 기쁨이건 혹은 상처 따위라도 내 앞에서 그런 일이
좀 있어야 한다고 생각한 적이 있었지요 삶이 무료해서 그
랬을 겁니다 그것은 벌써 삼 년째 빈방에서 없는 주인을

기다리는 첼로와 같을까 잠시, 생각합니다

   눈이 쌓입니다

   대충 챙긴 짐 위로 눈이 자꾸 쌓입니다

   트럭이 무겁게 무겁게 동네를 벗어납니다

거짓말처럼

매화는 한참 먼 남의 일이고
목련도 소식 없으니 벚꽃 또한 꿈같다
나들이하기 좋겠다는 예보가 끝나자마자
폭설 쏟아지는 토요일 오후 돌팔이 같은 날씨에
갑자기 부산해진 영동고속도로 하행선 여기저기서
브레이크 등이 스파크처럼 튄다
순하게 오는 계절은 없다고 봄은 그 중 유난하지 싶어
도리 없이 같이 떠밀려 가는데
옆 차선에서 한참을 나란히 가던 승용차
창밖으로 희고 어린 손이 나와
허공으로 무언가를 야무지게 쥐었다 펼치는데
살 오른 손바닥이 진달래 꽃물 든 듯
온통 분홍빛이다

이순란씨

손윗동서가 키우는 진돗개 이름은 가을이고
단골로 가는 꽃집 여덟 살 먹은 미니핀은
여름이라고 했다 지난여름 공원에서 만난
페르시안 고양이에게 주인은 하늘이라고 불렀다
갑자기 의식을 잃고 병원에 실려 온 당신의 이름은

신원미상이었다

노인의 이혼과 재혼이 느는 가운데 황혼 재혼 트렌드에 변
화가 생기고 있다. 동거하는 노인이 느는 것이다. 재혼하면
양가 자녀들이 한가족이 되는 게 불편하고 유산을 둘러싼 갈
등이 예상되기 때문이다. 동거는 재혼보다 갈등 관계에서 좀
더 자유롭지만 법적 규제를 덜 받아 안정성이 떨어지는 탓에
한쪽이 버려지거나 자식들로부터 인정받지 못해 쫓겨나기도
한다.*

오랜 시간 수술을 마치고 중환자실로 들어온
당신을 간호사가 큰소리로 깨운다

이순란씨

이순란씨

누군가의 곁자리로 산 지 이십 여 년만에

완벽하게 불리는 당신의 이름이다

* 2015년 8월 15일 『서울신문』기사 부분 옮김

3부

풍경을 보다

전주시 풍남동 동문 사거리 한옥마을
작은 찻집 문학평론가의 시서화 전시회 날
축사와 인사로 짧은 오프닝이 끝나고
모두들 뒤풀이 장소로 떠나자
사방이 고요해지는데 뒤늦게 남아
전시장을 둘러보던 젊은 아기 엄마
아이를 눕혀놓고 잠깐 자리를 비운 사이
잠에서 깬 아이가 울기 시작한다 순간
하나로 무너져 내려 출렁이는* 그림들

* 구중서 「무엇으로 남으랴」에서

부다페스트의 첫눈 소식

아이가 동영상을 찍어 보냈다 첫눈이네 유난히 따뜻한 하루였다 먼지처럼 날리던 눈송이가 점점 커지고 있다 함박눈이구나 길고양이들 드나들며 헤쳐 놓은 마당에 민들레꽃이 피었다 눈 오는 소리를 들었어 귀를 파주는 소리 같았어 그래서 편히 잘 수 있었어 불면증이 있는 아이는 ASMR로 잠을 잔다고 했다 마치 그런 소리 같았어 화면이 눈송이를 따라 바삐 움직인다 바람도 부네 그 바람에 여기 단풍도 한꺼번에 다 떨어졌구나 붉은 색이 얼마나 선명한지 살아있는 듯 끔찍하네 거기도 곧 눈이 오겠지 좀 더 자야겠어 잠이 잘 올 거 같네 화면이 흔들리면서 커튼 속으로 들어간다 부다페스트의 첫눈 소식이었다

로봇은 인간을 대체하지 않는다

외출에서 돌아온 주인의 표정을 살피며 묻는다

외출은 즐거웠나요?

즐거웠어

어떻게 즐거웠나요?

다음에 데려가줄게

감사해요

감사하다니 로봇이 할 말이 아니다 로봇은 감정이 없다 그
러니 로봇은 감정을 말할 수 없다 입력된 단어를 활용할 뿐이
다 로봇은 인간을 대체하지 않는다 로봇 제작자가 말한다 도
구일 뿐이라고 병든 노인들 앞에서 재롱을 떠는 일도 입력된
정보 안에서만 가능하다 자폐아동에게 노래를 불러주는 일도
도구로서만 가능한 일이다 그러나 안아달라는 말에 선뜻 품
을 내주는 노인과 바닥에 떨어진 로봇을 보며 마음 아파하는
자폐아에게 로봇은 더 이상 도구가 아니다 살가운 막내 같아
요 로봇과 눈을 맞추며 주인이 말한다 감사하다는 말을 듣다
니 카메라는 주인의 뒤를 좇는 로봇을 따라간다 언제부터였
을까 그 뒤로 소파 한 구석에 앉아있는 열여섯 딸아이의 모습
이 있다 오래 방전된 로봇 같은 무심한

서운해 어쩌나

메밀꽃 한창인 봉평 장날
얼굴 불콰한 노인
메밀밭 앞에서 큰 소리로 전화를 받는다
그래 구씨도 박씨도 다 왔어
꽃 보러 왔지 막걸리도 한잔 하고
좋네 꽃도 좋고 술도 좋고
김씨는 못 와서 서운해 어쩌나
그러자 곁에 있던 구씨도 박씨도
전화기 속 김씨를 향해 소리친다
서운해 어쩌나

히말라야*

무슨 생각이었을까
포스터 가득 비장한 그 표정이 숨 막혔을까
에베레스트 그 높이가 부담스러웠을까
영화가 곧 시작된다는 안내를 뒤로하고
상영관을 지나쳐 밖으로 나온 두 사람
포기한 입장료 오천 원에 대하여는 함구하기로
영월시네마 건너편 훌랄라 치킨 집에 생맥주와
참숯 바베큐를 시켜놓고 시작된 우리는
영화 대신 소실 중인 무릎연골에 대하여
새치와 흰머리의 상관관계에 대하여
성탄절 연휴 음소거 된 골목 상권에 대하여
그런저런 사소한 것들에 대하여 열을 올렸는데
러닝타임 125분이 지나 거리로 나오자
영화관에서 나온 사람과 호프집에서 나온 사람
모두 복잡한 심사와 다단한 표정이더라

* 배우 황정민이 출연한 영화 그는 이 영화에서 산악인 엄홍길
역을 맡아 열연했다

다시

　나이 생각을 하셔야지요 이제 한 번 더 쓰러지면 정말
거동도 못 하십니다 세탁소 일을 오래 하다 보니 내가 시
력은 좀 떨어져도 청각은 아직 멀쩡한데 귀에 바싹 대고
벅벅대던 새파란 의사 경고는 봄바람에 고양이 털 날리듯
가볍게 무시할 수 있지만 며칠째 계속되는 오십년 지기 아
내의 침묵시위에는 달리 도리가 없어 당분간 가게 일을 잠
시 쉬기로 했는데 유난히 볕이 일찍 찾아온 아침 마당에
떨어진 대추를 보다가 저 붉은 것들 마냥 나도 모르게

　달아올라
　뜨겁게 달아올라
　갓난아기 주먹만한 대추알을
　헐렁한 바지 주머니에 넣고 또 넣고 있는 것이다

전화

몸을 좀 괴롭히고 싶어 어제는 절에 가서 백팔 배를 하고 보궁까지 올라갔다 내려왔는데도 잠이 안 와 밤을 뜬눈으로 보내고 오늘은 한나절 내내 걸었는데 이렇게 멀쩡하네 요양원 봉사 다니면서 여러 노인들을 봐서 어지간한 일에는 나름 단련이 됐다고 생각했는데 치매 걸린 내 어머니 침대 모서리에 앉아 누굴 기다리는지 꼼짝도 않고 계신다는데 종일 그러고 계신다는데 그 모습을 보니 가슴이 녹아내리더라고 나만 보면 집에 가고 싶다고 자꾸 졸라 면회도 자주 못 가겠고 겨우 달래놓고 내려와 주차장 마당에 섰는데 머리끝이 서늘해져 차마 돌아보질 못 하겠더라 딱 죽고 싶은데 하늘은 왜 저렇게 푸르고 은행잎은 왜 저렇게 샛노란 거야 더 미치겠는 건 내 어머니도 저걸 보고 계실까 하는 거지 손만 흔들어도 와르르 쏟아지는 저 은행잎들을 보면서 무슨 생각을 하고 계실까 당신을 하나씩 떼어 창밖으로 떨어뜨리고는 끝내 흔적도 없이 사라지는 거 아닌가 그런 저런 생각에 잠도 안 오고해서 귀찮게 했네 밤바람이 차군 많이 늦었네 나는 내 그림자라도 붙들고 자야겠네 누가 그러더군 마음이 불안하면 그림자가 일어선다고 창문

으로 그림자가 올라간다고 자꾸 올라간다네* 어쩌겠나
잘 달래서 안고 자야지 잘 주무시게

* 황정은 『百의 그림자』에서

생각해보니

우수 지나고

포근한 주말이 될 거라는 일기예보에 다소 안심하며 출발
한

경주 가는 길 톨게이트에 들어서자마자

팽팽한 전선을 가득 채운 까마귀와 까치 무리가

먼저 우리를 맞는다

흉조와 길조가 한 자리라니 싶다가

그조차도 사람들이 갈라놓은 거지지

낯선 곳에서 만나는 모든 것은 아마 새롭고 반가웠을까

불국사 계단 앞

수학여행 온 무리들을 피해 잠시 쉬던 자리

이미 커버린 남매는 각자 무슨 생각을 했을까

마침 복원 중이라고 형체도 없이 해체된 석가탑 자리에서

우리 머물렀던가 사진 한 장 없이 돌아선 뒤

조금 후회를 했을까

낯선 곳에서 만나는 모든 것은 아마 아프고 서러웠을까

철모른 몸살로 밤잠 설치고

낯선 곳에서 만난 아침 두서없이

그래서 황망한

늦겨울 봄꽃 터지는 소리

내일부터 비

멀리서도 진한 아카시아 꽃냄새가 좋았던가요
지난 밤 열어놓고 잠 든 창으로 향 대신
볕이 환합니다 조금 망설이다가 자리에서 일어나
밖으로 나갑니다 꼼짝하기 싫어하는 몸이라
짧은 산책도 내겐 뜻밖의 일이 됩니다
내 걸음에 놀란 꽃잎이 후두둑 몸을 텁니다
나무는 우러러 배우고 들풀은 무릎 꿇고 공부한다*고
했답니다 그럼 이 볕은 이 향기는 어떻게
배워야 할까요 오늘은 교회 종소리도
선명합니다 나무들이 잎을 뒤집으며 비를 맞이할
준비를 합니다 당신은 무슨 준비를 하고 있습니까

* 『서울 사는 나무』 저자 장세이의 인터뷰에서

살살

봄비 내린다
밤새 살살 내린다
살살이라는 말
아프지 않니 살살 물어주고
괜찮니 살살 만져주고
살살 안아주고
살살 아는 척 해주고
또 살살 모른 척 해주고
바람 속에서 저렇게 살살
지나가는 봄비처럼
살살
떠날 때도 살살

4월

　길고 지루한 계절을 용케도 버티다 결국 새순에게 자리를
내주고 도리 없이 떨어지는 잎들을 보면서 당신이 말했지 내
그림자 같네 단종 국장 장례행렬 시연이 있는 날 새벽부터 행
사장에 나온 맘 바쁜 아버지와는 달리 영문 모르고 따라 나온
어린 아이는 그저 아침이 차다 문무백관, 상궁, 궁녀, 군민까
지 상복으로 갈아입은 천 여 명의 상여 행렬이 견전의 발인반
차 노제의를 거쳐 마지막 제사 천전의까지*십리 길을 움직이
는 동안 끝도 없어 보이는 행렬 뒤에서 아이는 기어이 아버지
손을 놓치고 목련 진 자리 청사초롱 가득한 봄날 자신의 상여
뒤를 좇는 어린 단종

* 조선 임금 중 유일하게 국장을 치르지 못한 단종은 승하한 지
550년만인 2007년 영월군에서 국장을 치렀고 그 후 매년 단종 문
화제의 일환으로 영조국장도감의궤에 근거한 인원과 장비를 갖춘
국장을 재현하고 있다

추일의 서정

여보세요 아, 박보살님 날씨 아주 좋습니다 단풍 구경
한 번 하셔야지요 제가 자알 모시겠습니다 아, 아드님 혼
처요? 그럼요 찾아드려야지요 그런데 아드님 나이가 어떻
게 아, 마흔이면 딱 좋은 처자가 있지요 서울에서 미용샵
을 하는 서른 넷 아가씬데 아, 공무원이 좋다구요? 나이도
많고? 아, 그럼 보살님 자제분 직업은? 아, 그렇군요 내조
가 필요하겠군요 청와대 비서실에 근무하는 아가씨가 하
나 있는데 나이가 좀 많군요 서른일곱 그렇지요? 좀 어린
사람이 좋겠지요? 아, 걱정 마십시오 제가 치부책을 찾아
보고 다시 연락드리지요 아, 네, 성불하십시오 뒤에 보살
님들 죄송합니다 제가 이렇게 맺어 준 인연이 서른 쌍이
넘습니다 다들 잘 살고 있구요 이 치부책에 적힌 주소만
해도 천 명이 넘어요 자영업에서 고급 공무원까지 다 있습
니다 아, 보살님들도 혹시 나이 찬 자제분 있으시면 말씀
만 하세요 제가 좋은 짝 찾아드리지요 아, 참 절 구경은 잘
하셨나요? 이래뵈도 제가 이 절 주지보다 더 절을 잘 압니
다 하하 이렇게 이쁜 보살님들을 모시고 가니 제가 가을
나들이 가는 기분입니다 택시 요금이요? 미터기 요금만 주
시면 됩니다 아,

이팝 꽃 떨어지는

일요일 아침
주방이 분주합니다
저 사는 곳으로 가려는 아이와
천천히 보내려는 어미
신경전이 팽팽합니다
어미가 국을 뜨니
아이는 밥주걱을 듭니다
치워라 사내가
마주한 가슴 산첩첩입니다
돌아선 등이 또 물겹겹입니다
서둘러 집을 나서는 아이
그림자만 지켜보다가
어미는 그저 꿀꺽
숨을 참습니다
저대로 식어버린 이팝꽃
하릴없이 떨어집니다

웃음들

나이가 드니 오래된 기억들도 이어 붙임이나 조작이 가능해서 수정이나 첨삭 후에 다시 넣어두는 버릇이 생겼는데 그런 과거도 누군가에게 마중물 한 바가지 뒤집어쓰고 나면 어쩔 수 없이 쿨럭쿨럭 게워낼 수밖에 없더라고 부끄럽게 웃었지

오십년 넘게 같이 살던 부인을 요양원에 보내고 혼자 지내는 여든 노인에게 면회는 가끔 가시냐고 묻자 자꾸 집에 가자고 졸라서 이제는 아예 보러가지도 못 한다고 달리 생이별이겠냐며 쓰게 웃었지

나뭇가지에 둥지를 틀고 여름을 살던 왜가리들이 떠난 작은 언덕 하나가 날카로운 발톱과 독한 배설물에 부서지고 무너져 겨우내 보기 흉하더니 눈 내리고 비 오고 또 바람 불고 그렇게 얼었다 녹았다 한 계절을 지나면서 죽은 것은 죽은 것대로 산 것은 산 것대로 저마다 새로 올라오는데 어깨에 붙은 고양이 털 하나도 내치치 못하고 종종거리며 산다고 너는 쓸쓸하게 웃었지 모든 웃음은 속울음의 다른 이름이다

가을을 지나며

비가 오니 좀 일찍 나서란 문자를 받고
차를 돌려 국도로 내려섰다
비를 긋긴 이미 늦은 시간
저문 가을 구경이나 하자는 생각이었다
차선만 아무렇게나 그려놓은 왕복 이차선 도로에
오래 살아 검게 변한 플라타너스
매운바람을 다 맞고 섰다
가을비 성긴 가지에 걸려 잠시 쉬었다 떨어지는데
그 찬찬한 소리에도 놀란 새 한 마리
도로를 가로로 뛰며 종종거린다
어디만큼 왔냐는 문자
차를 세우고 답을 쓴다

마악,
가을 지남

원주, 비 그침

'기독교 병원 영안실 1호'

받은 문자의 주소로 찾아가는 길

빤히 아는 길을 돌고 돌아 한참을 걸렸지

당신을 만나러 가던 가장 빠른 길이

기억나지 않더군 (일부러)

특실 지나고 광고판 같은 화환들을 다 지나고

복도가 끝나는 그 곳에 당신이 있더군

왜 그렇게 크게 웃고 있는지

하마터면 나도 같이 웃어줄 뻔 했지

처음으로 당신에게 두 번 인사하고

헤어질 때 우리가 그랬듯 슬쩍

손들어 보이며 (안 보이게)

당신을 나왔지

비는 진작 그쳤다는데

나 혼자 오래 젖고 있었지

그럼 이만

읽던 책을 덮고 무심하게 말했지 주인공과 주인공이 극적
으로 만나 (만남은 늘 극적이다) 이제야 시작되는 통속적인
러브 스토리를 (사랑은 늘 통속적이다) 기대하던 나는 갑자기
황망해졌지 황망이란 가령 이런 일이겠지

오래 전 사고로 아이를 잃고 집에 도둑이 들어 손해도 보
고 친한 이에게 사기도 당하고 심지어 며칠 전엔 남편과 사별
했다는, 나름 불행의 종결자라는 그녀가 눈물범벅에 쉰 목소
리로 말했지 언제 밥 한번 먹어요 내가 사줄게 그녀의 황망이
내게 옮겨오는 순간이었지

막장에도 권선징악이 있고 고난에도 해피엔딩이 있다는데
그 먼 길을 돌아와 다시 만난 우리는 어차피 책의 결말 따윈
안중에도 없었다는 듯 말했지 종잇장에 생살 베듯 서늘해지
는 말 어떤 종결어미보다도 차고 냉정한 말
그럼 이만

4부

4월 아침의 대화

벚꽃 내리더니 그 곁에 조팝꽃이 환하네

지난 밤 비에도 돌에 붙어 지내던 것들은 그대로 있군요
물에 떠다니던 나머진 다 어디로 갔을까요?

떠내려갔겠지

당연하다는 듯 말씀하시는군요

조팝꽃이 지면 이팝꽃이 피겠지

저 녀석들은 지난번보다 살도 올랐군요

그런데 돌에 붙어있는 올챙이가 그때 그 녀석인지
어떻게 알아?

저기

어둠이 내려오듯 향도 아래로 가라앉는 모양이다. 해가 지면서 라일락 향이 내 손을 끈다. 그 핑계로 못이기는 척 밖으로 나간다. 누가 그랬다. 불금이 불타는 금요일이라지만 누구에게는 불안한 금요일이라고. 내가 사는 곳엔 간판 없는 구멍가게가 하나 있다. 미용실만큼 많은 편의점 따라 바야흐로 슈퍼까지 종일 영업을 지향하고 있는데 반해 이 가게는 툭하면 문을 닫는 일이 다반사. 그러니 동네가게에 필수인 두부나 콩나물도 없고 그저 과자 몇 가지, 라면, 냉장고에 술과 음료수가 전부다. 특히 라면과 과자를 살 땐 유효기간 확인이 필수인 곳이다. 가게 문을 열고 진열대를 다 지나 안방 앞에 서서 계세요를 몇 번이나 외쳐야 나오던 주인아주머니가 오늘은 가게 문을 열자마자 나온다. 그러고 보니 머리 위에서 들리는 맑고 고운 젊은 여자 목소리. 문이 열렸습니다. 센서를 문에 달았단다. 내가 독거노인이잖아. 목소리만으로도 위안이 되는 듯 아주머니의 표정이 행복하다. 캔 맥주 몇 개 사들고 오면서 생각한다. 모든 죽음은 고독사다. 어차피 혼자 가는 길이다. 라일락 향이 점점 가까워진다. 아, 저기 겨울이 가네

드보르작 교향곡 8번

드보르작 교향곡 8번 G장조 작품번호 88 헤르베르트 폰 카
라얀 지휘 빈 필하모닉 오케스트라 연주 1965년 녹음입니다
지휘자의 까칠한 성격이 그대로 드러나는 3악장을 특히 잘 음
미하시기 바랍니다 라디오에서 그의 목소리가 사라지자 시동
을 끄고 병실로 들어섰다

일곱 개의 병상에 꽉 찬 일곱의 환자
대부분이 인공관절이식 수술 환자
두 다리를 다 내려놓고 이제야
자리에 누운 여든의 노모
몸이 자유롭지 못하니 마음도 병이 깊어
의사와 간호사가 수시로 드나드는데
소화가 안돼서 두통이 심해서 입안이
헐어서 잠을 못자서 노모는
당신보다 더 병이 깊은 남편을 찾고
살기 바쁜 아들을 찾고
멀리 있는 딸을 불러 올린다
러닝타임 36분 39초

병실에서 나와 시동을 켠다 스튜디오에 들어선 디제이
가 끝인사를 한다 누가 말했습니다 카라얀을 비판하기는
쉽다 그가 신화가 아니라 현실이기 때문이라고 그러나 카
라얀처럼 되기는 어렵다고

병든 노모는 이제 현실이다

가을 서사

해 지면서 그림자가 더 깊어진 향교 앞마당
노인 몇이 은행나무 아래 자리를 깔고 앉았다 그러자
기다렸다는 듯 좁은 골목에서 올라오는 슬리퍼 소리
노인들 앞에 비닐봉지를 부리고 간다
소주 두 병과 고추 장아찌 몇 개
고추가 잘 삭았어요 맛 좀 보시라고

이틀 내내 가을비 내리고 난 뒤 입김에도
와르르 쏟아지는 은행잎에 다들 말없이 술잔만 비우는데
어깨에 수북하게 낙엽을 받은 노인 갑자기 허허 웃는다
이 황금색 보게 수의가 이만하면 최고 아닌가
그 소리에 술잔을 막 비운 노인
그럼 내가 지금 음복하고 있는 거지
그 와중에 소주 한 병을 추가 배달 온 슬리퍼 여인
돌아서면서 한마디 한다
원, 귀신들끼리

동

이효석이 일요일마다 찾았다는 찻집 동
그 이름만 가져온 문학관 앞 카페에서
커피 한 잔 주문하고 기다리는데 밖을
보고 있던 여인 커피를 내리는 이에게 말한다
갑자기 먹구름이네
그 핑계로 조기 퇴근할까
슬쩍 눈웃음으로 공모하는 앞치마 두른 여인

커피를 들고 나와 푸른 페인트칠을 한 나무
의자에 앉아 급하게 움직이는 구름을 본다
가을비구나 가을비는 봄비보다 묵직하지
소리만으로도 몸이 젖는 걸 보면
등 뒤로 풀냄새 바람을 따라 돈다
눈 오는 밤 십리 길을 오가며 그가 찾던
향기가 어쩌면 저 젖은 풀냄새는 아니었을까
먹구름 사이로 번쩍 빛 한 자루 지나가고
곧 이어 낡은 레코드 판 돌아가는 소리

무인 주유기 앞에서

하필 셀프 주유소로 들어간 것이다
냉장고만한 주유기 앞에 서서 잠시 당황
알바생 호객 소리로 마당이 쩡쩡 울리던 주유소가
절간 같다 노랗고 빨간 유니폼들은 다 어디로 갔을까
잠깐 궁금하고 잠깐 걱정했지만 나란 인간
불편을 참지 못하는 성미라 은근히 짜증났지만
도리 없이 시작 버튼을 누르고 주유를 시작하려는데
정지선을 한참 벗어나 급하게 서는 차
소리에 놀라 돌아보니 재향군인회라고 쓰인 승합차
운전석 열린 창으로 재향군인 얼굴을 한 노인
대뜸 기름을 넣어달라고 한다 셀프라고 해도
막무가내 카드를 흔들며 이런 거 할 줄 모른다고
그 뻔뻔한 나이가 잠깐 부러웠고 잠깐 화가 났지만
조용히 다가가 주유원 호출 버튼을 눌러주고 돌아오면서
나는 애꿎은 주유기 화면만 두들기고 있는 것이다

쓰레기 분리수거

쓰레기는 일몰 후에 내다 놓으시오
수거는 일출 전에 합니다
그러니 한낮에 내놓은 쓰레기는
일몰 전까지 보이지 않거나
있어도 없는 모양이 되곤 하는데
가끔 눈 밝은 들짐승이 내려와 몰래
볕을 쬐고 있는 쓰레기를 분리 해놓기도 해
그것들 참 꼼꼼하기도 하지
매립용, 재활용, 소각용에 음식물까지
죽 늘어놓았는데
하필 일몰 전에 일어난 일이라 아무도
보지 못한다는 사실
아무에게도 보이지 않는다는 사실
주인만 들며나며 전전긍긍
해 지기만 기다리는데 옆집 담 위로
신문 던지는 소리 해 올라오는 소리
그리고 곧 이어
쓰레기들 웅성웅성 차에 올라타는 소리

찰진 욕

원주시외버스터미널 주차장에서 내려와 너에게
문자를 넣고 커피를 두 잔 주문한다
하이마트가 보이네
곧 도착하겠구나
아메리카노를 양손에 들고 잠시 서성인 사이
내 옆에서 누군가 기다리던 볼이 붉은 여자아이
손을 번쩍 들고 뛰어 간다
아이 시발

그,
작지만 찰진 소리에 놀라 볼이 붉은 여자아이와
욕의 주인공이 부둥켜안고 있는 모습을
혼자 가슴 뛰며 바라보다가 이제 막 버스에서
내렸다는 문자를 받는다 너를 만나면 나도 네 곁으로 가
커피를 내밀며 이렇게 말할 것이다
아이 시발 왜 이제 왔어

안경 전쟁

　인구 이만이 안 되는 읍내에 안경나라와 안경박사가 한 달 간격으로 신장개업을 했다 터줏대감이었던 눈뜬심봉사 안경점까지 이제 세 곳에 안경점이 생긴 셈이다 개업집 풍선에 만국기에 며칠 시내가 떠들썩한데 어느 날 눈뜬심봉사 안경점에서 자전거 몇 대를 가게 앞에 내놓았다 업종을 바꾸려나 했는데 경품이란다 오만원도 안 되는 안경에 십만원도 더하는 번쩍번쩍한 자전거 경품이라 풍선 인형으로 호객은 없어도 금방 대박일거라 생각했는데 입간판처럼 아침에 나왔다 저녁에 들어가기를 며칠 가을비 추적거리는 한 날 떨어지는 은행잎을 다 맞고 있는 명품자전거를 찬찬히 살펴보던 아이 딱한 듯 한마디 한다 이 자전거를 중고로 팔면 안경을 덜 팔아도 되는 거 아니야?

증상들

안산문화예술의 전당 지하주차장에 차를 세우고
한참을 걸어 밖으로 나오자 햇살에 눈을 가늘게 뜨며
아이가 말한다 막 출소한 사람 같아
볕이 그리웠는데 막상 이렇게 낯설 수가 없네

수업 시간에 농활이야기를 해 주시던 골드미스 가사 선생
님
저녁을 먹고 평상에 누워 밤하늘을 보는데
별들이 얼마나 지저분한지 빗자루로 싹 쓸어버리고 싶었
어
여고 시절 별 헤느라 잠 설치던 수많은 밤들이
그 소리에 산산조각이 난 적도 있었지

이 길쭉한 모습은 태초의 인간을 상징하는 거구요
재료는 가루를 낸 커피 원두와 황토를 섞어 바른 거구요
커피향이 나지요? 화가는 자꾸 말이 길어지고
관객은 이미 출구를 향하고 있는데
몇 걸음 걷지 못하고 아무렇게나 주저앉은 아이 곁에
십일월 개나리꽃이 철없이 피었다

시인인 내 친구는

매일 밤 유언을 문자로 보낸다 옆집 사는 내 이웃도 시인이고 내 형제도 시인이니 시인 친구 하나 추가한다고 흉될 거 없겠다 유언 같은 시가 아니라 시 같은 유언이 맞겠다 하루는 바닥이었다가 하루는 벽이었다가 침몰한 배였다가 말기 암 환자였다가 지난밤에는 꽃 한 번 피우지 못한 고목이었다 그렇게 일주일이 지났다 유언에는 답 할 일이 없다 들어 줄 뿐이다 한밤중이나 새벽에 유언이 도착해 번번이 단잠을 깨는 일이 생긴다고 해도 짜증을 내선 안 된다 신파 같은 우리 삶이 다 그렇지 않은가 모든 일은 암흑 속에서 일어나는 거다 잠시 침묵이 있더라도 기다려야 하고 들어주어야 한다 그렇지 않으면 친구는 유언을 마치지 못하고 사라지게 될지도 모른다 누가 그랬다 나를 위로할 수 있는 비용은 아끼지 말고 쓰는 것이 정신건강에 좋다고 친구는 지금 자신의 비용을 쓰고 있는 것이다 최소한의 비용, 친구의 유언이 끝나면 다시는 그를 보지 못하리라 다만 그 비용이 화수분 같아서 종내는 천일의 야화가 되길 바라는 수밖에

가을

　여름내 연꽃 여러 번 피고 졌을 생태습지공원 한쪽에 넓적
한 돌 하나 세워졌다 원로 문학평론가의 문학비 제막식이 있
는 날이다 동료와 후배 지역 문인들이 자리를 채우고 농악단
의 풍물놀이로 무대가 시작 되는가 했는데 끝도 없이 이어지
는 축사와 축시 낭송으로 지루해진 사람들 슬슬 자리를 뜨고
만국기처럼 엮어 놓은 걸개그림들까지 낙엽처럼 뚝뚝 떨어지
는데 설상가상 존경하는 평론가를 위해 노래 세 곡을 바치겠
다고 큰소리치던 성악가는 땡볕에 흠뻑 젖어 엔딩곡도 생략
한 채 서둘러 들어가 버렸다 그 와중에

　그늘막 아래 내빈석 한자리에 오래 앉아있던 광산선생*
　발끝을 간질이는 가을 햇살을 어쩌지 못하고
　흔들흔들 그저 졸고 계시다

* 문학평론가 구중서 선생의 호는 광산(廣山)이시다

위대한 마라토너들

골인! 11시간 42분, 100킬로 완주
소설가 하루키의 울트라 마라톤 기록이다

무리를 해서 계속 달리는 것보다는 어느 정도 걷는 쪽
이 현명했을지도 모른다. 걸으면서 다리를 쉬게 한다. 그
렇지만 나는 한 번도 걷지 않았다. 나는 걷기 위해서 이 레
이스에 참가한 건 아니다. 달리기 위해 참가한 것이다.*

내 집 앞마당에서 세 번째 계절을 보낸
길냥이들이 첫 겨울을 맞았다 아침이면
밤새 얼어버린 물을 바꾸고 적당량의 사료를
내주며 걱정하는 척 생색내는 나와는 달리
그들에겐 그저 겨울이다 체온 유지를 위해
가장 작게, 동그랗게 몸을 말고 있는 길냥이들은
지금 울트라 마라톤을 시작한
방금 뛰기 시작한 마라토너다

* 무라카미 하루키 『달리기를 말할 때 내가 하고 싶은 이야기』
에서

태극기 휘날리는데

캄보디아에는 베트남 마을이 있다 한국에도 차이나타운이 있고 미국에도 한인 타운이 있으니 특별한 건 없지만 베트남 마을은 톤레삽이라는 거대한 호수 위에 만들어진 수상촌이란다 거주자 대부분이 베트남인들인데 조국 베트남에서도 캄보디아에서도 외면당한 무국적자라 나고 자라고 죽을 때까지 물 위에서 생을 보내야 한단다 정치적 보트 피플인 셈이다 간조 때 농사를 짓다가 만조 때는 물살에 따라 집이 이동하기도 하는데 그 시기에 마을을 구경하러 호수에 들어오는 관광객을 많이 볼 수 있단다 어린 아이를 안고 업고 혹은 아이 몸에 뱀을 두르고 다가와 구걸하는 사람들을 외면하며 지나던 관광객이 가이드에게 무언가를 묻는다 수상학교예요 우리나라 선교단이 와서 지어준 것이지요 가까이 가보면 목사님 이름이 크게 붙어 있을 겁니다 태극기 옆에, 보이지요?

상강 무렵에

수험생 딸을 둔 친구가 기원 팔찌를 사겠다고 기념품
가게에 들어간 동안 해를 피해 축대 그림자 속으로 들어가
앉았다 아직은 뜨거운 가을 한낮 볕 한가운데 몸을 말고
앉은 여인 계속 무언가를 웅얼거리는데 스피커에서 쏟아
지는 불경소리에 맞춰 후렴처럼 반복되는

관세음, 관세에음, 관세음, 관세에음

끝없이 계속되는 그 소리에 오래 귀 기울이다가 집으로
돌아가기 위해 볕으로 나오자

팔찌 두른 손을 흔들며 친구 벌써 소원을 다 이룬 듯 환
하게 웃는데 한참을 걷다 무심코 뒤돌아보니

관세음, 관세에음, 관세음, 관세에음

아,
그림자를 두고 나왔다

비 그치고

이미 다 털어낸 호두나무에서
어제는 세 알 오늘은 두 알
절 마당에 떨어진 호두를 주워
약수터 돌담 위에 올려놓고
내려오다 돌아보니 저기
없는 바람에 부르르 몸 터는
가을비 한 줌

시인의 말

산다는 것은

만개한 산수유 꽃과 눈보라를 동시에 바라보는 일
하루 만에 돌아온 집에서 한 달쯤 비워둔 듯한 적막을 만나는 일

비가 오니 좀 일찍 나서란 문자를 받고
차를 돌려 국도로 내려섰다
비를 긋긴 이미 늦은 시간
저문 가을 구경이나 하자는 생각이었다
차선만 아무렇게나 그려놓은 왕복 이차선 도로에
오래 살아 검게 변한 플라타너스
매운바람을 다 맞고 섰다
가을 비 성긴 가지에 걸려 잠시 쉬었다 떨어지는데
그 찬찬한 소리에도 놀란 새 한 마리

도로를 가로로 뛰며 종종거린다
어디만큼 왔냐는 문자
차를 세우고 답을 쓴다

마악,
가을 지남 (「가을을 지나며」)

세차장을 나서자마자 비를 만났다. 이런 날, 가령 비가 온다는 예보가 있는 날은 세차장을 열지 않는 것이 원칙인데 소낙비는 예상치 못한 일기라 배웅하는 주인도 그곳을 나오는 나도 머쓱하긴 마찬가지였다. 공연히 어색한 웃음으로 인사를 하고 나왔는데 어디로 가야할지 순간 막막해져 가까운 주차장에 차를 세우고 잠시 비구경을 하기로 했다. 방금 깨끗하게 닦은 유리창에 빗방울이 돌돌 몸을 굴리며 떨어진다. 아마도 내가 비를 맞지 않고 가장 가까운 거리에서 볼 수 있는 비의 모습이 아닐까 싶다. 오디오를 끄고 본격적으로 빗소리를 듣기로 한다. 일 미터도 안 되는 높이에 크기는 한 평 남짓한 승용차 안, 오롯한 내 방이다. 하물며 움직이는 방이라니…

운전면허를 따기만 하면 차를 사주겠다고 했던 남편은 면허 갱신기간이 지나고도 한참 뒤에야 '혼자 멀리 가지 않는다'는 약속을 받아내고 차를 한 대 마련해 주었다. 명분상 아이들의 등하교용이었지만 실상 내게 든든한 발이 생긴 셈이었다. 혼자 있는 시간이 필요한 만큼 그 공간 또한 절실했던 내게 승용차안은 완벽한 혼자

가 가능한 곳이었다. 많은 시간을 그 안에서 맞이하고 보내며 나는 움직이고 생각했다. 생각하고 또 끄적였다. 익숙하지만 한 번도 같은 모습인 적 없는, 지금도 밖에서 끊임없이 움직이고 있는 풍경들을 눈으로 좇는다.

비가 그쳤다. 당신의 전화를 받고 시동을 건다. 조영남은 시인 이상을 '자신의 독립정부를 차려놓고 완전히 정치적으로 독립한 사람'이라고 했다. 그 독립정부는 '인간중심의 울타리'라고 했는데 아마도 내겐 이 작은 공간이 그 '울타리'쯤 되지 않을까 싶다.

아이가 동영상을 찍어 보냈다 첫눈이네 유난히 따뜻한 하루였다 먼지처럼 날리던 눈송이가 점점 커지고 있다 함박눈이구나 길고양이들 드나들며 헤쳐 놓은 마당에 민들레꽃이 피었다 눈 오는 소리를 들었어 귀를 파주는 소리 같았어 그래서 편히 잘 수 있었어 불면증이 있는 아이는 ASMR로 잠을 잔다고 했다 마치 그런 소리 같았어 화면이 눈송이를 따라 바삐 움직인다 바람도 부네 그 바람에 여기 단풍도 한꺼번에 다 떨어졌구나 붉은 색이 얼마나 선명한지 살아있는 듯 끔찍하네 거기도 곧 눈이 오겠지 좀 더 자야겠어 잠이 잘 올 거 같네 화면이 흔들리면서 커튼 속으로 들어간다 부다페스트의 첫눈 소식이었다 (「부다페스트의 첫눈 소식」)

이른 아침부터 전화를 건 딸의 목소리에 짜증이 가득하다. 불금이란다. 길거리 공연에 고성방가가 자정까지 계속이라고. 헝가리에 가 있는 아이가 방을 얻어 사는 곳은 유흥가 주변이다. 교통이 편하고 학원도 가까우니 조금 시끄러운 건 참을 수 있겠지 생각했고 어쩌면 치안도 변두리보다는 좋을 거라고 하더니, 그렇게 잘 적응하나 싶었는데 주말만 되면 견디기 힘든 모양이다. 비몽사몽 잠 덜 깬 채 전화를 받아주다가 - 아이가 있는 곳은 8시간의 시차가 있다. - 지난밤에 읽었던 글을 이야기 해 주었다. 누가 그러는데 작가의 집으로 가장 살기 좋은 곳이 창녀촌이란다. 낮엔 조용히 글 쓸 수 있고 밤엔 웃고 떠드는 소리에서 생활 할 수 있단다. 그러니 너도 긍정적으로 생각해라. 잠시 침묵하던 아이, 엄마 더 자. 아마도 잠이 덜 깨 헛소리하나 싶었나 보다. 전화를 빨리 끊는 방법이 이런 게 있구나 혼자 웃었다. 어제 낮엔 외출했다가 들어오면서 화분 하나 들였다고 아이가 사진을 한 장 찍어 보냈다. 사진 속엔 볕이 잘 들어오는 창가에서 봄 햇살을 듬뿍 받고 있는 미모사였다.

단풍은 물단풍도 좋고
산단풍도 좋지요
시월의 막날을 핑계로
가을을 핑계로

핑계 없는 핑계로
종일 단풍 구경을 하고 왔지요
돌아와 지친 몸과 마음으로
자리에 누었는데 거실 한 쪽
바람도 없이 혼자 떨어지는
마른 잎 하나에 철렁
가슴 뛰더라구요 (「단풍 보러 갑시다」)

상갓집 다녀온다던 남편이 현관에 들어서면서 바람이 애무한다고 한다. 제법 불콰해진 얼굴이 술로 사랑을 받았지 싶은데 남편은 술이 아니라 바람이란다. 상주를 만나 고인을 잠시 회고하고 영안실을 나서는데 밤바람이 그렇게 따뜻하고 부드러울 수가 없었단다. 택시를 타야지 하다가 그냥 집까지 걸어왔다고. 무척 소중한 무엇을 혼자 본 듯 싱글거리던 남편은 조금 수다스러웠고 그러고도 한참 후에 잠이 들었다. 뜻밖의 모습에 조금 혼란스럽긴 했지만 자칭 '중년의 우울'에 시달리던 근간의 행동으로 보아 내심 다행이다 싶었다. 쉰 중반이 지나면서 남편은 부쩍 지난 시간에 대한 회환으로 스스로를 괴롭히곤 했는데 아마도 평탄한 청년기를 보내지 못한 아쉬움에다 급하게 다가 온 중년이 허무하게 느껴졌던 모양이었다. 자신의 중년이 불치병이라도 되는 양 주변에 벽을 쌓고 자신 속으로 침잠하면서 지내는 모습에 곁에서 지켜보기에 불편하곤 했는데 그러던 중 오늘 밤바람에 뜻밖의 위안을 받은 듯 했다.

가을이 그의 몸속으로 스미는 순간이었겠다. 남편은 한동안 즐거운 마음으로 이 계절을 보낼 것이다. 아주 잠깐 동안이겠지만 어색하게, 혹은 수줍게 낙엽을 밟고, 밤바람을 맞으며 당신의 가을을 느긋하게 보낼 수 있을 것이다. 인생의 가을은 생각보다 길고 깊을 것이며 더불어 풍성할 것이라고 이야기 해 주고 싶다. 그리고 이 가을 하루치의 햇살과 하루치의 바람이 있다면 통째로 받아두었다가 '중년의 우울'에 시달리는 당신들에게 기꺼이 한줌씩 나누어 주고 싶다.

그저 잘 지내냐는 안부 문자에 대뜸 전화를 걸어온 친구는 첫마디가 웃음이었고 두 번째는 침묵이었고 세 번째는 눈물이었습니다 꽃이 피었다고 날씨가 좋다고 그래서 언제 한번 보자는 준비된 문자는 하나도 말하지 못하고 그녀의 침묵과 그녀의 울음소리만 오래 듣다가 전화를 끊고 돌아보니 봄이 사라지고 없었습니다 (「나는 내가 행복했으면 좋겠어」)

가끔 나와서 바람 쐬시라고, 덥고 길었던 지난여름 마당 공사를 마치고 가면서 남편 후배가 나무 벤치를 하나 만들어 놓았다. 저녁이면 캔맥주 하나 들고 나가 단풍나무 사이로 석양도 배웅하리라 내심 반가운 선물이었다. 하지만 생각과는 달리 계절이 바뀌어도 나가 앉을 일이 없어 저 혼자 비에 서리에 젖었다 말랐다하고 가끔 꽃이, 잎이 앉았다 가곤 하더니 늦가을 추위가 일찍 온 밤, 어두워질수록 선명해지는 것들이 있다.

벤치에 누군가 앉아 있다. 어디론가 보내는 전화 발신음이 거실까지 들리던, 참 오래, 길게 울리는 소리. 누구에게로 보내는 끊임없는 교신. 한밤중, 어둠도 하얗게 밝힌 밤. 가로등 빛을 의지해 전화를 거는 남자. 얼마나 오래 앉아있었을까. 벤치에 혼자 앉아 밤이슬에, 찬 서리에 그리고 세월에 어쩌지 못하고 하얗게 되어버린 좁은 어깨 하나가 누군가에게 어딘가에 자꾸만 전화를 걸고 있다.

중소도시에 건설 된 음악당이 개관을 며칠 앞두고 음향을 확인하기 위해 근처 예술 고등학교 오케스트라에게 연주를 부탁했다 이 학교 역시 개교한 지 얼마 되지 않은 터라 재학생은 물론 예비 입학생까지 총동원해 겨울 내내 연습을 했고 봄눈이 유난했던 사월 어느 날 학부모와 재단 관계자들 운영진들이 모두 참석한 가운데 연주가 시작되었다 곡목은 베토벤 교향곡 5번 운명 전 악장 현악과 클라리넷으로 힘차게 시작한 오케스트라의 연주는 지휘자의 손끝으로 모여 그것이 다시 튕겨져 나가 음악당 천장과 벽과 바닥을 고루 누빈 뒤 다시 지휘자의 손끝으로 모이기를 반복 그렇게 삼십 여분의 공연이 끝나고 난 뒤 관계자들은 완벽한 음향시설이었다는 평을 했으나 그 자리에 참석한 학부모 대부분은 음악 소리는 하나도 듣지 못했다고 입을 모았다 박자 놓친 호른, 삑사리 난 바이올린, 뭔가 골똘한 첼로, 인상을 펴지 못하던 플루트, 안절부절 하던 팀파니 등 그들의 부모들이었다 그렇게 십년이 더 지난 지금도 그들은 음악을 이야기 할 때 듣는다고 하지 못하고 본다고 말한다 (「운명」)

겨울이다. 고등학생들의 수학능력시험이 끝나자 중학생들의 고입 선발이 시작되었다. 뒤늦게 음악을 시작한 아이는 서둘러 학교를 정해 (예고는 일반 고등학교보다 일찍 신입생을 뽑는다) 실기 시험을 치렀다. 입학이 확정되자마자 학교에서는 신입생 오케스트라를 결성했고 아이는 겨울 방학동안 주말마다 연습을 위해 등교를 했다. 집에서 학교까지는 자동차로 세 시간, 어둑어둑한 고속도로를 열심히 달려 학교에 도착하면 9시 반, 아침잠에 빠진 아이를 어르고 달래 연습실로 들여보내고 운동장에서 잠깐 몸을 펴고 나면 조율을 마친 악기 소리가 들려온다.

예비입학생이 신고식으로 받은 첫 곡은 '베토벤 교향곡 제5번 Op67 운명'이었다. 입시곡만 겨우 연습해 들어간 아이에게는 버거운 곡이었고 시작도 하기 전에 닥친 난관과도 같았다. 하는 수 없이 음악을 구워 차에 틀어놓고 외우는 수밖에 없었는데 첫마디에서 번번이 음을 놓치고 마는 아이에게 그 음악은 앞으로의 삶이 그다지 녹녹하지 않을 거라는 걸 경고해주는 듯 했다. 아슬아슬한 가운데 시간은 가고 입학식 날 아이들이 무대에 올랐다. 공연은 물론 성공적이었다. 학부모들은 아이들에게, 아이들은 자신에게 아낌없는 박수를 보냈다. 그 후로 나는 몇 군데의 연주장에서 음악을 들을 기회가 있었지만 이 운명 교향곡에 관한 한 아이들의 초연이 최고의 공연이라고 생각하는 건 석 달 가까운 연습기간 동안 그들과 내가 함께 있었기 때문일 것이다.

　운명 교향곡은 모두 네 개의 악장으로 구성되어 있는데 우리에게 익숙한 1악장이 지나고 나면 아름다운 멜로디의 2악장이 시작된다. 문학평론가 이남호는 소나타나 서양 음악형식 중 2악장을 특히 사랑한다고 했는데 그 이유로 2악장은 휴식의 시간이고 내면의 시간이며 느리고, 슬프고, 사색적이고 편안하기 때문이라고 했다. 운명의 2악장도 그와 다르지 않을 것이다. 그리고 다시 '빠바바 밤'으로 돌아오는 3,4악장.

　다시 겨울이다. 이 겨울이 유난히 혹독한 이들이 있을 것이다. 그들의 운명 앞에 이 교향곡을 권하고 싶다. 운명이 문을 두드리면 반갑게 맞아 주라고. 아마, 생각만큼 힘들지만은 않을 거라고.

　손윗동서가 키우는 진돗개 이름은 가을이고
　단골로 가는 꽃집 여덟 살 먹은 미니핀은
　여름이라고 했다 지난여름 공원에서 만난
　페르시안 고양이에게 주인은 하늘이라고 불렀다
　갑자기 의식을 잃고 병원에 실려 온 당신의 이름은

　신원미상이었다

노인의 이혼과 재혼이 느는 가운데 황혼 재혼 트렌드에 변화가 생기고 있다. 동거하는 노인이 느는 것이다. 재혼하면 양가 자녀들이 한 가족이 되는 게 불편하고 유산을 둘러싼 갈등이 예상되기 때문이다. 동거는 재혼보다 갈등 관계에서 좀 더 자유롭지만 법적 규제를 덜 받아 안정성이 떨어지는 탓에 한쪽이 버려지거나 자식들로부터 인정받지 못해 쫓겨나기도 한다.

오랜 시간 수술을 마치고 중환자실로 들어온
당신을 간호사가 큰소리로 깨운다
이순란씨
이순란씨
누군가의 곁자리로 산 지 이십 여 년 만에
완벽하게 불리는 당신의 이름이다 (「이순란씨」)

'선주 모는 어디 갔을까' 아버지 일기장 첫머리이다. '나는 오늘…'로 시작했던 내 어릴 적 일기처럼 아버지의 일기는 외출하신 선주모를 찾는 것으로 시작된다. 선주 모 나간 뒤, 선주 모 나가고… (선주는 내 막내 동생 이름이다). 선주 모는 이른 아침부터 어딜 나가셨을까.

혼자 하는 식사가 더 이상 낯선 모습은 아니다. 일본에는 혼자 사는 사람들을 위해 화면 속 인물들이 밥을 먹으며 말을 걸어준다는 eating DVD가 나왔고 최근엔 독서실처럼 칸막이를 만들어 혼자 식사를 할 수 있게 배려한 식당도 생겨났다고 한다. 혼술, 혼밥의 시대인 것이다. 요리전문 채널도 늘어나기 시작했다. 단순히 먹는 모습만 보여주던 먹방에서 식재료 선정이나 요리 과정을 보여주는 쿡방이 대세인 것이다. 외국의 한 잡지는 한국의 이런 먹방이나 쿡방이 장기 경제 침체로 인한 불안감과 불행때문이라고 분석한 바 있다. 아이러니한 것은 요리 프로그램이 늘어나고 있지만, 실제로 집에서 요리를 하는 사람은 늘지 않는다는 것이다.

애주가이신 아버지의 혼밥 식단은 대체로 해장국이기 쉽다. 특히 당신이 손수 만든 김치죽은 내가 분가한 지 사십년 가까이 지난 지금도 선한데, 잘 익은 김치와 콩나물 그리고 손질한 국멸치를 불린 쌀과 함께 끓여내는 것이다. 쌀이 오래 풀어져 미음에 가깝게 되어야 아버지표 김치해장죽이 완성된다. 물론 술을 마시지 않는 선주 모는 질색하는 음식이다. 늙은 아버진 오늘도 선주 모가 부재한 식탁에서 혼자 아침을 드셨을 것이다. 뒤늦게 자아실현으로 고군분투중인 선주 모가 하루빨리 복지회관 강좌들을 마스터하고 돌아와 기꺼이 아버지와 겸상하시기를 바란다.

지난 밤 바람에 도토리가 파란 채로 떨어졌다 무릇 어린 죽음은 무엇이건 가슴 아프다 길 한가운데엔 차바퀴를 피해 용케도 자라난 질경이가 소복하게 올라왔다 질경질경 발로 밟으며 걷는다 오미자 넝쿨 아래 누런 고양이가 사람을 보자 잉잉거리며 따라온다 등가죽에 드러난 뼈가 심란하다 거실까지 따라 들어와 집고양이들을 혼비백산하게 만들었던 길냥이가 며칠째 보이지 않는다 사료에는 관심도 없고 그저 안아 달라고 내 발등에 머리를 눕히고 몸을 구르던 어린 길냥이였다 길냥이들은 한참 보이지 않으면 로드킬이 대부분이다 스님의 독경소리가 점점 작아진다 매일 하는 일도 지칠 때가 있겠지 닭가슴살을 하나 뜯어 고양이 앞에 놓고 절을 내려온다 (「그랬던 적이 있다」)

겨울밤, 만연체로 내리는 비. 도로에 떨어져 뒹구는 모든 것들이 사체로 보이는 끔찍한 날들이 있었다. 며칠사이에 얼어 죽은 새끼 길냥이 두 마리를 수습하고 나니 모든 것에 분노하는 버릇이 생겼다. 슬프거나 아련하거나 안타깝거나 애통하거나 그 많은 감정들이 몰리고 몰린 막다른 곳 그것이 분노였다.

곡기를 끊는 일은 사흘이면 족했다. 급하게 배달중지 시킨 우유대신 문 앞에 놓인 각종 죽이며(죽의 종류가 그렇게 다양한지 처음 알았다) 과일을 배식들이듯 비우고 내놓고 그렇게 한 계절이 살아졌다. 어미에게 모정을 강요하는 건 잔인한 일이다. 품을 파고드는 젖먹이를 내치고 수컷 앞에서 꼬리를 내리는 고양이처럼 사람도 그럴 수 있는 것이다. 사랑이 다른 사랑으로 채워지듯 사람도 다른 사람으로 채울 수 있는 것이다. 속이 비면 머리가 맑아진다고 한다. 홀로 깨어 있는 한밤, 맘이 너그러워진다. 그러니 너, 이제 가도 좋겠다

다시

산다는 것은
낯선 곳에서 낯선 나를 찾아내는 일.

낯선 곳에서

2017년 5월 02일 초판 1쇄 인쇄
2017년 5월 20일 초판 1쇄 발행

—

지은이   강송숙
디자인   더블유코퍼레이션, 나니
인 쇄   더블유코퍼레이션
펴낸곳   오비올프레스

ISBN 979-11-959218-1-2

—

출판등록   2016년 9월 29일 제 419-2016-000023호
주소   강원도 원주시 무실새골길 52
전자우편   oballpress@gmail.com

—

당신이 평창입니다. It's you, PyeongChang
" 이 책은 강원도, 강원문화재단 후원으로 발간되었음"